U0103021

張尹齡

1998年出生

學歷：國立台南第一高級中學畢業、
　　　現就讀國立空中大學

經歷：FB網路詩人

張尹齡與話的約定

張尹齡著

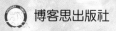博客思出版社

目錄

插畫：轉圈圈／張尹齡

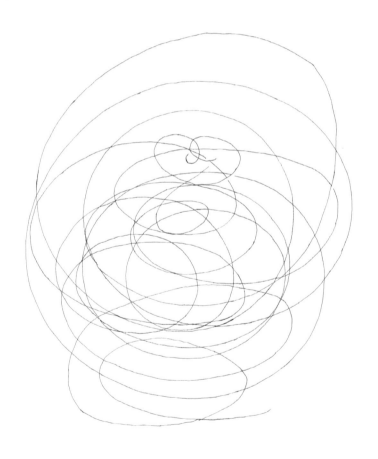

散文詩集

插圖／張尹齡

〈電蚊燈〉/（散文詩）

一亮著燈的小小藍月，犧牲睡眠看透蚊子，閃閃，閃閃，閃閃，看它獨自一盞月，不畏蛋白質燒焦氣味，看著它，閃閃，閃閃，閃閃，亮亮的執著，叫到人都靜了，佩服佩服夢中做夢，因為，許多藍月的愛人，在等那，一瞬間的火花，他們為愛死亡，重來，為愛必須亮到終日，直到，他們沒得相愛，那命運的劫數，那麼樣的長情，是我們的節日，想著想我的大方成全，牽了這電流的曲線，全了小小藍月的光芒。

〈真理的時鐘〉/（散文詩）（修改版）

時鐘滴滴答答帶著我，走向它心最深的，那扇，門，新奇勇現眼前，告訴我它們的名字，心聲鐘，擺動，擺動，擺動，爺爺牽我如嫩芽的手，眼睛把好奇眨得膽怯，觸，心愛的，心愛的，鐘，滴滴答答滴答，解說員囉嗦如時鐘，小腦袋挑戰這時鐘，晃呀呀，我靈魂飛逃得迅速，拋開規則與原則，溜，七歲的幼稚無法再忍，逃啊，無知的走著石子路，不想理會真理與謊言的爭執。歲月追打下，哭，哭著爺爺的那年的溫暖，是真理給的謊言！

〈真理的時鐘〉/（散文詩）（原文）

時鐘帶領我，滴滴答答的走到它的心門，裡面擺著各種新奇，它們都有同樣的名字，名為心聲鐘，爺爺牽著我嬰兒嫩度的手，眼睛把好奇給眨得有些膽怯，觸摸心愛的形狀的鐘，一邊聽解說員滴答滴答的挑戰我的小腦袋，我晃著晃著已魂飛的身體，學它的規則與原則，明明才七歲的稚嫩，卻懂觀察自然的嚴格與堅持。我無知無覺的離開，看不透真理是哪來的謊話。

數年之後，我哭了，心聲鐘啊！你懂無數心聲，我想爺爺牽著我的溫暖是真實的謊話，因為你們都只是無情的運轉者。

〈家庭主婦〉/（散文詩）

提著有輪網狀菜籃，直奔，心之地，探探探索探索，找著機車的歇息之所在，優雅下來不理，機車，鋪屬於我的紅地毯，那吵雜的叫喊聲，歡呼下的拉動，轉啊，轉啊，轉啊，女明星也不過如我，肉價漲的翻了天，明蔥的你，吃菜類求苗條何苦呢，卻，止於某境界，叛逆了健康，我，轉啊，轉啊，轉啊，蛋攤前閒聊，藍湛湛的天空，南邊市集等我，探索，地面的痕跡，皆隨意閒聊的路途，我提著菜籃步上紅毯，北方的家正等我呢。

〈高跟鞋〉/（修改版）（散文詩）

高跟鞋叩叩地板，旋轉，旋轉，旋轉，俏皮的你讓我想凝視，一個轉身，你拉著我的放肆，我看著你呼吸即將中止，眩暈得想旋轉你，我的愛蕩漾在宇宙，高跟鞋啊，敲啊，敲啊，敲啊，不要誘惑我使壞了，我不是最美的女人，高跟鞋錯的那麼剛好，你不論輕重的抱起我，我失去控制心跳的能力了，因為我們的靈魂觸碰著，撫摸著彼此的異常，我們在偌大的舞廳，凝視，有那麼一點害怕，下一秒，我們會成為童話嗎，就為了這雙，鞋。

〈高跟鞋〉/（原文）

高跟鞋叩地板
旋轉，旋轉，旋轉
思念著眼前俏皮的你
一個轉身
你拉著我
我看著你呼吸中止
眩暈得不能自我
我想不到我的愛
高跟鞋啊
敲啊，敲啊，敲啊
不要誘惑我了
我不是最美的女人
是高跟鞋的錯
你不論輕重的抱起我
我失去理智了
因為你就像靈魂的代表
而我們一起敲啊
撞擊彼此停不下來的心意
有那麼一點害怕　下一秒
鬧鐘響起
那麼我們的結局　是否童話了

〈跑者夢〉/（散文詩）

我是夢的飛行者，襪子們和內心之間，磨擦，產生溫度了，我們的關係生下火熱的濕，他們尊敬我的夢，我們產生臭臭臭，結合，哼唱喘吁吁這首歌，我喘吁吁，飛翔在跑者的夢，半睡半醒，好似醒來了，重重重的踩踏聲，棉被的觸感貼著我，進入夢裡的夢，再一次，你說我孤寂嗎？飛了世界不累不累累；新鮮空氣劫走了，甜甜的夢囈，跑友難遇啊，全世界，做夢的人們，想，一次飛到最高，跑者是，我們，活在夢裡跑的了嗎？我驚醒！我踢著被子，我想跑，我愛夢如醉，誰是我？

畫名：雙面天使 / 張尹齡（抽象畫）

〈留黑〉/（散文詩）

揉揉擦，橡皮擦的無瑕開始缺角，變白色，我用鉛筆
給畫心形，揉揉擦，父母也給的，揉揉擦，變得乾淨
了，灰色成了後來，我畫了不該畫的圖，老師用小小
力氣，揉揉擦，眼淚流到我心頭，黑筆跡的寫錯，橡
皮擦認命的揉擦，而，我不認輸的接續著寫，答案卡
錯畫那，黑的純，我和橡皮擦一同，揉揉擦，卻，剩
下了，改不了的黑，笑不出聲的我。橡皮擦不捨的離
開了，黑色原子筆習慣了我，橡皮擦無限感傷，想，
揉揉擦，我卻再也白不了了。

〈耳機〉/（散文詩）

一戴上合適的嘴，樂音在我腦海漂浮，我移動在冷冽，音符在各泳池中徘徊跳動，我住在溫熱，我不敢相信這，音符被我看到的驚喜臉孔，水讓我慢慢聆聽，美麗帶來的模糊聲音，心痛走上我的心尖，心碎迫使我沉浮，每聽一首華麗的落幕，像極了我不會游泳，滿懷熱血的繼續，心靈習慣在游泳池游泳，這樂章被我看透，透的我耳朵輕輕環繞，好似游泳池成了幻想，樂音如雲被風一吹，成一場雨，積了好多的天然游泳池，自然是合奏！

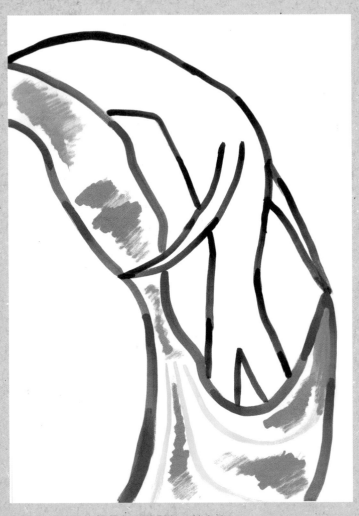

▲畫名：蘋果牛奶的舞／張尹齡（抽象畫）

〈蘋果牛奶〉/（散文詩）

我們合演，百分之五十的乳含量，牛奶的靈魂一直在
找女配角，我飛出淡淡蘋果香，透出的黃的有些浪漫。
我每牽一次你，對一次你的眼，只想臣服你面前，你
霸氣將我舉起飛舞，白淨的男主角，用生命演出純浪
漫，蘋果香說我在飛舞，裙角輕輕留下韻味，我轉了
圈圈後，進入到底下的舞台，觀眾們鼓掌，微酸的品
嚐每一口，想看我們再續，我即興的拉起你，你掉入
我的表演，你臣服於我的姿態，我們約好再續下次的
結合，在那生命被喝盡的精彩。

〈抹布〉/（散文詩）（修改版2）

小抹布擦玻璃，痕跡總是被小抹布帶出來，白白霧霧的，水墨畫也不過如此，它在上面搞笑沒人知，它的痕跡總是去不掉，國小的時候，老師命令著用小抹布擦，我做著知名畫家夢，合作得越畫越志得意滿，感到一百分的有趣，我已超過國中年齡了，老師命令著用小抹布擦，這句話我老是記成：「一起來畫畫吧」，同學堆裡我最是認真作畫，我們就在一堆玻璃上畫著喜歡的圖案，就在畫的正高興時，又被叫去訓話：「擦玻璃」，於是我把抹布洗個澡，期待有新的畫風。

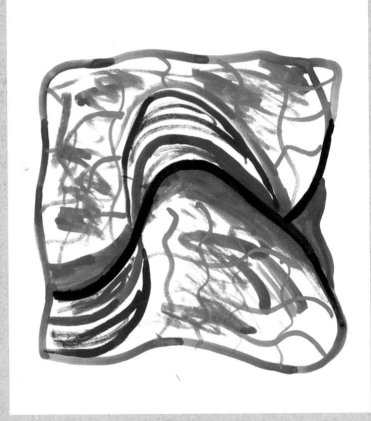

畫名：動情的女人／張尹齡（抽象畫）

〈抹布〉/（散文詩）（原文）

所有的親近的平面，抹抹，愛的你濃我濃濃，抹抹，
輕聲的離開，清洗的慢慢，水，流如瀑布一般，主人
巧手一轉轉動我心扉，將我洗的如初，我如初，扭扭，
扭扭，主人扭著我的腰，愛扭得我動情不已，滴滴答
答，我向那最污穢抹著，把他們對待我的濃，真的還
的淨，淨的，別了一處，再來來更骯髒之所在，我天
天一天天，恨自己被主人揉動我那腰，全身，我輕聲
的離別，垃圾桶是我的所在。在那黑暗中，我尋到了
人性的淨，乾了全身的歲月。

〈抹布〉/（修改版1）

抹布擦玻璃，痕跡總是被抹布帶出來，白白霧霧的，水墨畫也不過如此，我在上面搞笑沒人知，我的痕跡總是去不掉，國小的時候，老師命令著用抹布擦，我做著知名畫家夢，越畫越志得意滿，感到一百分的有趣，我已超過國中年齡了，老師命令著用抹布擦，這句話我老是記成：「來畫畫吧」，同學堆裡我最是認真作畫，就在一堆玻璃上畫著喜歡的圖案，一個人畫的正高興時，又被叫去訓話：「擦玻璃」，於是我把抹布洗個澡，期待有新的畫風。

〈枕頭與小公主〉／（散文詩）（修改版）

我是床上無二的小公主，多彩的棉被包裹這，可愛又高貴的小孩，大小枕頭在我手上忽動忽靜，調皮的它們被我掌控，我一丟純白色命令，宮女姐姐們和我鬥智，小枕頭夾著我的弱點，偷偷跑去告訴她們，宮女們是大膽的心腹，我有些無力的手軟了，她們還用著力，笑得很沒有規矩，我好心的逃去另一個房間，她們還笑笑求我開門，莫測的沒應門，我拿枕頭踹門，自由的丟著我的白，很自由的一個我的床，我開懷大笑。多年後，我依舊是個小公主。

〈網友的離開〉／（散文詩）

空氣突然稀薄了，輕了我的體重，屋內任我遊走，每一句對話，字字碎的像我摔玻璃的聲響，句句如我拾起那痛楚，螢幕盯著我說有緣再回，心中雨神突然來了，全身的濕氣壓住我的想念，我很喘，食物在跳嘲笑的舞，我吃不下所有沉重。啊！思念的線，纏繞著我的全部，它們有情的纏繞我，我吃不下所有的感受，我不想呼吸新鮮空氣，想在有愛的世界沉淪，步伐拖著沉重的詩，左繞圈繞右，門在前方等我，太陽也來了，我笑得很大聲，哭在折磨我，苦苦哀求的我，聲音也離我而去。

畫名：後來的姐弟／張尹齡（抽象畫）

〈碗〉/（散文詩）（修改版）

我手抖著把一碗淚捧歪，我乖乖練習拿碗的手法，滴每一滴淚水，祈求上天能讓我捧好這碗淚，我生氣我弟弟這時撞了我一下，我苦笑想像最好是用血淚，給他堆個明顯的水彩，別跟我爭這個碗！上天在訓練我，我把淚水端的一波波波動，最後平靜來找我囉，我天生小的手拿這碗，我傷心的將淚一次裝滿，碗一個歪斜，弟弟又來嘲笑我，原來端一個碗要用剛剛好的力道，家人才會疼我。

〈月〉/（散文詩）

薄暮是我昔時的上學時間，我用摩托車直奔母校，五年斷斷續續如每個輪胎的轉彎，沒有名校的光榮，只有月使我感慨這圓缺，好友一個個離散，書香離我同月球般遙遠，同學大多是體育生，我喜好文言文多於異性的感覺，文章總是記了又忘忘了又背，獨自對月光朗誦我的無限愁思。同學們上課時間偷偷滑手機，老師上課時一再強調該為與不該為的事，我自是想負笈想逃離這些講解，可經過了月數次的陰晴圓缺，我懂了。

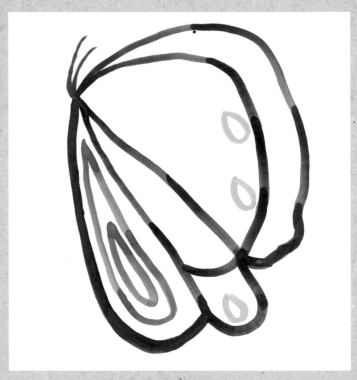

畫名：流淚的耳戀 / 張尹齡（抽象畫）

〈初戀〉/（散文詩）

旦與夕之間，我寧靜靜地如綠草般，如茵是我的理想，安靜是我的本性，那麼我該何往呢，只好完全將自己呈現，尤夢想擁有一顆心，而天空般遼闊，至若我身在這現實的世界，我還是搖曳搖曳，想跟旁邊的小花白首，我們碰觸著彼此，說著無聲的情話，她的紅顏讓我真心呵護，我輕觸她的耳朵，花兒嬌羞的更顯可愛，但她被有心人摘走了，我用土寫了無數的素書，讀更多書的話語，只帶來了無限傷心。

〈泰迪熊〉／（散文詩）

我很晚才明瞭什麼是泰迪熊，就在生活都不順利時，踏進日本遊玩成了我人生的樂趣，我買了第一隻泰迪熊，它全身藍藍的戴著草帽，帽子上還縫了三朵向日葵，腳底縫了我看不懂的英文字，脖子有格子狀的蝴蝶結，我買的熊不是最貴，我覺得這是最可愛的熊，我除了熊以外，我無心於其他美食，像是發酵的果子和酒，會和我的熊一同產生醉態，我害怕我會把它的蝴蝶結給解了一起睡覺，在夢中為了那蝴蝶結糾結不已，我在乎這隻泰迪熊！

〈生啤酒〉/（散文詩）

多年前去的一家日本的居酒屋，一進門遇到一對老夫妻喝著日本酒，慢慢的牽著對方的手聊天，慢慢的喝著日本酒，我看著他們看著是常客，我點了一杯生啤酒，那對老夫妻結帳後牽手，我第一次感受到如此溫馨，恍若這是他們的世界，我繼續看來往的客人們，而後來又一個小家庭進門，不見小孩吵鬧的樣子，只見他們對我微笑，我很是快樂的多喝了幾口，有些醉得開始苦了，我叫了一碗拉麵，一個人吃得很是豪邁，喝著不太苦的生啤酒，嘴已經有些麻痺了，他們那家人也離開店了，我笑得很像個哭臉。

〈麩質〉/（散文詩）

我是麩質過敏體質，我不喜歡小麥製的麩質麵條，儘管大多數人都說那是健康，不喜歡看似沒趣的食品，我不喜歡小麥製的麩質蛋糕，每一口都是甜美的形貌，折騰我的眼睛癢的很是想抓，嘴巴還是停了又吃，嘴巴一轉，麩質的水餃已經被媽媽煮的透了，我一顆顆接一顆顆，我盯著眼前的燕麥片罐很是心動，香料的無添加讓我想吃，燕麥片在挑戰我對麩質的想像，我吃了不到一個月的短暫，只見我全身螞蟻爬過的癢，我於是嘴又一轉，挑戰早餐麩質穀片的脆度，我也浸泡在喜愛的牛奶中，和身上的看不見的螞蟻一起。太陽對我說了早安，癢！
夜晚來臨的很剛好，我對月亮用力地喊著，為什麼？我總在似夢非夢中清醒，向月亮打招呼，癢癢癢！我很想沉沉睡去，就在月光柔和的撫摸下，心靈才沉澱下來，夢中我看見不痛的我，心裡依舊疼痛不已，月試著安撫我的不適，就這樣吧，人總是要吃東西的生物，有麩質的食物那麼多，吃就可以了吧……

〈錢〉/（散文詩）

我是一個很純真的孩子，看著花朵，數著紅紅的花瓣，在野草上跳著韻律舞蹈，用手劃開天空，將天空用手臂遮住，當時的我喜歡欺負天空，自以為可以比天空遼闊，我跑去，問媽媽：「錢是什麼？」媽媽一本正經的說著：「養家做生意」，我不懂媽媽的意思，但媽媽說：「錢是流通的，比天空還重要」，可我覺得天空藍又輕，比頭髮絲還輕，我充滿疑問的請教周公，他什麼都沒說，只說：「睡吧！孩子！」後來我去上學了，我總是，把零用錢存下來，因為媽媽說：「存錢是好習慣」，我在課堂上問著周公，周公說：「睡吧！孩子！」我不相信他的話，因為老師的聲音已經蓋過周公的聲音了。後來我成績一直無法變好，媽媽像捏死螞蟻一樣捏我的耳朵，我用鉛筆把這個畫面畫下來，紀念一下自己的零分，我畫著畫著不小心又多了好多個圈圈，我哭著求鉛筆原諒我，但我還是難逃被捏耳朵的命運，我哭著問周公，周公不想理我，我只好畫下零分的句點，乖乖上著老師的課，開始了解錢是真的很難賺，我去福利社都很少買零食，除非餓得肚子咕咕叫了，我才會花媽媽給的錢，後來年齡增加一些後，我還是問著周公：「怎樣才不會考零分？」我覺

得我會被打醒，而且是被我自己打醒，我想要擁有，金錢，為了存錢，運動量大的我一天只買兩個包子，後來上了國中，也都是買一般的運動上衣，為了存更多的，錢，我會用我不太行的數學計算著，只求有更多的錢存下來，升上了高中後，總算著哪家書局的書便宜，我花得心裡很甘願，為了有更好的前途，為了有更多的錢，我那時才理解錢是流通的，我苦讀文言文，想像自己是古人要出仕啦！不過我志向並非是為官，我的志向只有「自由」二字，我喜歡校園裡的小麻雀，偶爾會看著牠們跑跳，老師問我：「為何上課看麻雀」，我說：「麻雀可愛呀！」那既然我如此嚮往自由，何來前途，我是自學居多，也算是個認真的好學生吧！對我來說，錢是自由流通的，賺錢也是有很多種方式，各行各業都是有其存在之必要，就像存錢，其實存的是自由，而賺錢是真的辛苦，我現在大學了，會學著和同事相處，雖然沒那麼自由了，但後來我開始遊歷一些國家，增進知識就是賺錢，我的目的只是想養年邁的家人，我的爺爺奶奶也是愛存錢，這是一種傳承也是一種教育。

我追求的是自由，但我想把所有的錢花給自己的家人，錢真的很不好賺，除珍惜錢之外，我時常提醒自己要珍惜，家人，相處的每一刻，我已經為了這篇，文章，哭了也笑了，我很感謝我母親的教誨，比，任何一位老師都還重要，我愛上錢。

〈臉頰〉/（微型散文詩）

小時候的我胖胖的樣子，麻糬樣的肥軟，爺爺的朋友們總喜歡，捏我，臉頰那塊肉，捏我，享受我的鬼臉，我都用魔法隱藏自己，讓大家省得麻煩誇我可愛，爺爺已經無法讓我信任，他只想讓我當小丑，我痛啊！我疼惜小丑我！

畫名：贈家人的蘭花／張尹齡（水墨畫）

〈羊駝娃娃〉/（散文詩）

二姐姐曾經去澳洲遊玩，我那時年齡尚小，姐姐買了昂貴的羊駝毛娃娃給我，我愛耍著高級的娃娃的毛，抓光它的毛是我最害怕，行為，總是不放過我，調皮，米白色調和兩個小小的角，我們合在一起了，無法拒絕上天叫我成為天使，或是披著米白毛的小惡魔，我花了不少時間了解自己，或許，我們只是一場夢的告知，姐姐花了所有當時，找一隻真毛的羊駝娃娃給我，我基於不懂事找事，又娃娃的事一堆，她說，她想著要變成長角的羊駝溫柔我，我在月光中嚇醒！

〈傘〉/（散文詩）

老師認真的教學著，有個國中男孩，叛逆的不愛待在
教室，他上課總是藉故離開，我問他怎麼了？他無法
回答他的動向，像煙一般溜走了。因喜歡這個，男孩，
寫著無盡的，情書，寫著彼此毫不理解的作業，看著，
他的眼神，假裝很有禮貌的笑，偽裝，情意的有時來
有時去。後來的我們都不喜歡教室，偷偷的牽著手，
我告訴他不要這樣嘛，我這違心的話語讓他親吻我，
啊！我的初吻得到了，其實我失去的是自己，只因我
同他一樣叛逆嗎？老師總對大家說：「不能談戀愛」，
老師的畢業紀念冊的相片撐著傘，老師認真的總說這
一樣的話。後來，我們分開了，卻忘不了老師的話
語……

〈床〉/（散文詩）

你一抹透著月光的笑，我用枕頭遮住那嘴角，你笑得更無辜了，笑得我的心花一朵朵開著，你勾著我的脖子，你勾著我兩個微笑般的腰，我無言面對著你，你明白這些無言，我們，學著浪漫語調，在這只有我們的夜晚，你開始哼著歌，一首首一首首，我讀著詩。我躺下想著明天，而你也想這明天嗎？我轉身抱起你，感受你的氣息，想像這是美好鳥叫清晨，如此清新，如此讓人嚮往早上的到來，啊！當陽光灑進棉被的紋路，我有點不太想清醒，這是我們的床，他抱著我有些鼾聲發出，我還是輕輕地移著他，他或許會舒服些。

〈影子〉/（散文詩）

有一個人在黑夜曾經說過：「我將離你而去」，我拉著你長長的影子，眼睛含著淚水說：「黑夜沒那麼孤單，星星們亮著呢」，他的影子明暗色重疊了，星光也閃爍，我沒那麼快樂的一個人走著，又有人可以懂我的淚嗎？流了很多鹹鹹的淚，喚不回，我要的真正的那日子，我有著我最想，逃避，影子的魔力很強大，離去，我不想看到它隨行。就一起飛翔吧，多看看白天無雲的天空吧！那就等到影子想出現時，再去向下關心它，我想，影子還是美麗的。

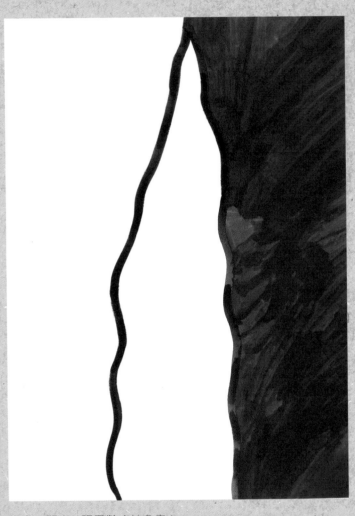

畫名：閃光 / 張尹齡（抽象畫）

〈血〉/（微型散文詩）

我走著走著去學校，進了校門後，我被推了一下流血了，爬起，我擦乾這傷口，我繼續往前走，同學笑笑的說著：「紅色水彩真的好美」，我專心寫著作業，小睡一下醒後，我傷口又流血了，我揉著眼，那是夢嗎？

〈量杯〉/（微型散文詩）

有人倒了一些水，低一些，難以調控，高了高漲，人一輩子都拿著量杯，有點傷心對自己的標準，我無法預測世界規則，多變，歲月前進方向，我去流浪喝著，渾濁，我找到我喜歡的高度了！

〈母親節〉/（散文詩）

體弱是我的唯一，童年，為我端茶是母親的辛苦，日常，我看似驕縱無禮，在他人一般的社會標準中，我講話直接，常常沒達到應有的禮貌。有時，媽媽會提醒著該怎麼～回話，這是個很大的課題，我難以接受，訓練，我感到很反感，煩煩煩的煩，重複的叮嚀著我該如何，童年該如何用國字，寫出？我真的不知道，長大之後我還不擅表達，不夠好的交友技巧，只會更讓人無法接受。母親的話、母親的行為，我一直無法忘了母親的表達方式。長大後，我就在母親節那天，表達，我探討最久的句子，和感謝的話！

〈紙箱〉/（散文詩）

我是很平常的咖啡色紙箱，一個厚薄適中的身材，我的特色是有些髒，我遊走各個地方，搬動著，不少新奇貨物，我都得用角度和平面來荷重，六面的整齊，色彩，是我最珍惜的唯一，膠帶，時常封住我的嘴，我在晃動中想說話，還是被封死，被膠帶封住的那些，期間，我把貨物安然送達，我真的很有責任感。因為有很多人需要我，關心，那我用行為，表達，我各地是家，因為我說不出口我真正想說的。

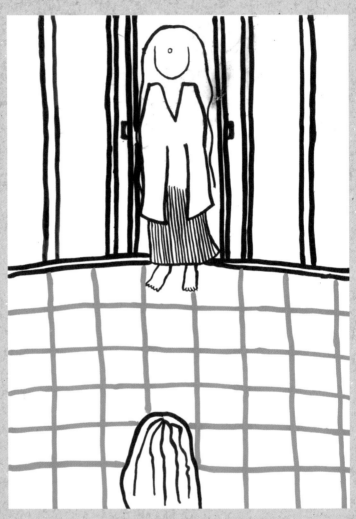

畫名：彷彿是我 / 張尹齡（抽象畫）

〈紙張〉/（散文詩）

我被強制印上「辭典」這名字，那時我已被製成紙張，黑油墨就特別想交友，我明明就告訴全天下，我不學字，他偏偏找我要求一同成名，我笑笑的笑笑，不死心的他全身已穿好學士服，好像很黑的「黑」字，不是說要彩色嗎？彷彿我看到一個損友的來臨，一個愛亂化妝，還只塗全黑色的妝，穿全黑，我不想多看的人，他寫著我的全白，逼我，學注音學著筆法。難道要成名就是這樣，好嘮叨，只有字詞、詞彙，我開始被上聽不懂的課，嘗試了解艱澀的，詞彙，我們給世人翻閱，我學習到了「友」字，學著友多聞，第一次交到不會無聊的朋友。

〈山櫻花〉/（微型散文詩）

有個男人，在五十年前種下一株，山櫻花，它美麗的花瓣，飛落，那成了粉色的雨，一串串的述說愛情的雨滴，這個男人對於它，美，無法忽視，而每日為它整理外表，可這男人發現，只有哭能伴著它落地。

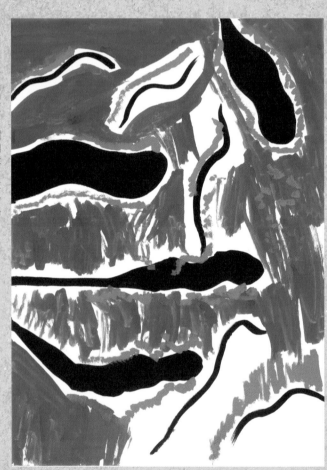

〈眼藥水〉/（散文詩）

你每天出門前，我對你講了要帶眼藥水，你一離開，我就淚流下來了，地板，它何其無辜承接我，淚水，經過擦乾臉後，我照著鏡子，一抹，帶著陽光的微笑，亮亮亮亮亮，做著我平常做的家事，一邊追著重複橋段的劇，走去桌子邊插花瓶的那朵，花，我現年二十多歲，享受，兩人獨有的世界，我拿著抹布擦拭著桌子，昨晚你從公司趕回家，我們從冰箱拿出了，晚餐，我們深夜裡點亮微波爐。我再安靜的拿出，眼藥水，點的是我早上交代的那種，我專注的撐開你的那，眼睛，看著我，專注的讓我撇過頭，我拿著眼藥水不知如何是好……

〈羽絨衣〉/（散文詩）

羽絨衣是媽媽買給我的那，第一件外套，就在日本的東京，我還清楚記得，紅色，就穿在我身上，羽絨衣碰觸著我的皮膚，呵護，回應著羽絨衣的我，就在未飄雪的冬日下，羽絨衣幫我取暖，用袖子抱著我，我輕輕地對它說著：「謝謝你，還有買下你的，我的媽媽」。

〈白鬱金香〉/（散文詩）

小時候我發現了白鬱金香，看著無際，天空，看著整片的花田，它們美的如同天空那，數十、數千、數萬朵的雲朵上的鬱金香。

我說那些都不是夢，是真實的純潔，它們住在天上，也住在地上，它們在土裡生存，求空氣的給它們呼吸。

有時它們還得去天上找雲朵，總把玩耍後髒髒的介質，交給雲朵降雨，他們還說：「沒有雲朵，你們要怎麼流淚呢？」

雨後，大家一起笑的孩子們！

不知何時開始，我想像自己是白鬱金香！

不知何時開始，我幻想自己是天上的鬱金香。

有一朵地上白鬱金香再長大一些，它住在雲朵上，生澀的唱著情歌，翻動一片又一片片的雲。我看著天上的雲朵們有些被風，吹得我思緒也亂了。

它再次寄託妝掉下來的粉，它不知道要補妝，雲就落下帶著情感的陽光雨，它看見地下有一朵奇特的花。我當時走在路上沒發現自己，妝沒補好的樣子。

陽光亂灑下去的那一瞬間，對它笑著的那一朵花，天上的白鬱金香說：「第一印象已深植我的心，這是我的命運」。

它還不知道這是死亡的開始，天上的白鬱金香飛下去想探討自己的心動：「哇！我找到了，且還是覺得很帥。」
我頭暈暈的，覺得自己是不是喜歡上誰了？

這兩朵花想被成全，戀愛的它們，希望我剪下它們，住在我的家，過一段時間後，它們死亡了。

成為人類口中的花語：「純潔、純情」。

家中香氣我依稀記得，那是我屋內初戀的香味。

〈兩朵紅玫瑰〉/（散文詩）

男友送了我兩朵紅玫瑰，我也送了他兩朵紅玫瑰。

兩朵紅玫瑰在跳舞，我看不懂那是什麼舞，但它們一直跳一直跳，熱情的看著我，兩朵紅玫瑰笑著流淚跳舞。兩朵花瓣的火紅燒透了我的心。

我們來不及牽最後一次手，他就離開我了，我們對彼此笑著，往反方向離開。
回家後，它們還對我展現屬於它們的美麗，我看了眼睛酸酸澀澀的，我哭到哭不出來的眼，感到視線模糊。

我把它們分開了，它們只看著對方微笑。我繼續我的笑。

一朵紅玫瑰知道自己快枯了，再也不像以前能開心的流淚了，花瓣不再美麗，它說：「我也將哭不出來了」，我笑著說：「我也不再美麗了」。

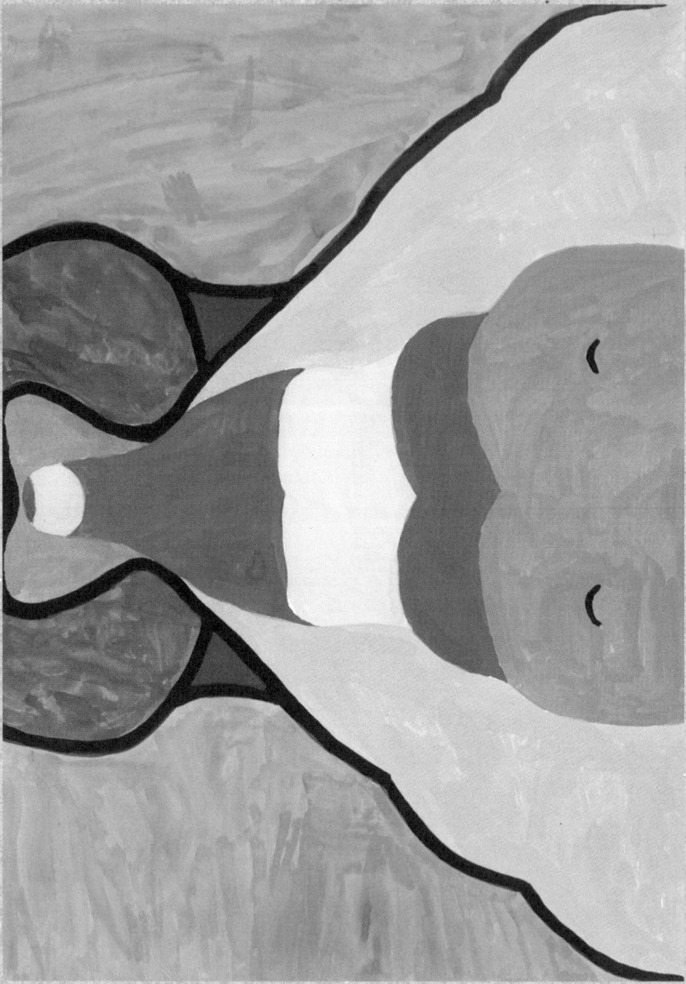

畫名：性向／張尹齡（抽象畫）

〈誠實〉/（散文詩）

誠實長出我的血液，也長出一張嘴巴，專講別人的不誠實，嘴巴經過心臟的同意，卻老是講不了自己的心，因為只問事實，就這樣忽略了心，心也很孤單，沒有人要當它的朋友，心是熱的，也需要溫暖才能活下去，而今，心愈來愈冷了。

〈紅茶鮮奶〉/（微型散文詩）

紅茶的紅，總是吸引到鮮奶，鮮奶只能中和它，可是
差異這麼大的它們迅速的融合了，似紅非紅。
我十幾年的歲月都在喝著各種紅茶鮮奶，知道自己似
紅非紅，喝到眼淚都掉了，手還緊握著紅茶鮮奶，一
口口的喝著。

〈手環〉/（散文詩）

我編織這手環，一邊織著，它一邊纏繞著兩條線，它說：「誰是妳的知己？」，我笑著不語，織了一天，它並不是很難編織，它也纏了我整天的思想，於是我等了等，眼皮又一睜開，已經做了第十年的夢了，但它泛黃的看著我，後來的我找到知己了，它鬆開它的雙手，替我緊握著她的手。

〈落葉〉/（散文詩）

落英緩緩飄下，我拾起地上每瓣無名的花語，在手上繽紛，呢喃何為青春？落葉如此的黃，呢喃何為青春？驀然一個女孩的出現，她的黑亮長髮與我的短髮強烈對比，她卓犖的唱著西洋重混曲，我輕輕的恨這首歌入骨，我們牽著手一起掃著校地，她總輕輕地誇我掃得乾淨，我心裡為了這些謊言淌血，總讓我低下頭撿著花瓣檢討，她看我傷心，她哼著一首首我最喜愛的歌，我用眼神的恨意迎向她，宛如我喜歡她的才華，我們隔天再次掃著落葉，落英如此繽紛，落葉如此黃。

新詩集

插圖／張尹齡

〈腳步聲〉

吸入的渾濁

吐得出　嗎

沉重的腳步聲響徹空氣

思緒長了翅膀

帶著兩個腳丫飛翔

環視天空

黑暗而星光黯淡

是星星不照亮我了

沉重的眼皮

訴說著睡覺的快感

我依舊走在無數的夜裡

夢著太陽的溫暖

高掛的熱氣

是因厚厚的棉被嗎

我還蜷縮著

太陽輕輕喚醒我

美麗的太陽啊

無法直視您

就讓我吸收您的熱氣

沉重的腳步拖著

沉重的腳步聲

畫名：山與海／張尹齡（抽象畫）

〈山與海〉

連綿的山
一波又一波的海浪
同樣的曲線
在藍綠色的融合下
發現自然在向我問候
看著這一切
身與心靈交會
感受這心跳的變化

呼吸這
既不鹹
亦不清新的空氣
遠眺這風景　不遠不近
無窮的透視著山水畫
不要問我它們的顏色
答不出來
自然告訴我
用心裡的眼睛去看
都會愛上
自然的那山　與海

〈孩子脾氣〉

優美月光輕柔撫摸孩字
動人月色讓我文章高亢
熱情不要碰我
軟的枕頭搶走我的夢意
無力的撐高眼皮
畫無字的生命
痛自找來了愛
累得找周公訓話
卻喘不過氣
晚安，月

畫名：夢的象徵 / 張尹齡（抽象畫）

〈潛意識〉

一切都是夢的產生
透視靈魂的囈語
我們抓住潛意識的痕跡
翻來覆去
於是我在你們沉睡的清晨
一個人　恍神
我嘗試解開這些夢
對自己編織謊言
然後不斷的刺傷全身
我還是我
但我真的是我嗎

我失語了
就在我繼續睡著時
有股力量推動我，告訴我
我活著
它吸引我，是靈魂的摯愛
它習慣背叛最真實的我，因為
只有它說話了

〈醬油〉

鹹鹹的
在舌的一側轉甜
黑豆要求我成為好朋友
一起探究 40 度的溫泉
去，製麴室發笑
讓菌絲滲進我們的內在
再洗個小澡
入缸
為了保留友情
一同品嚐鹹味
熱烈的享受陽光的問好
友情的開始總是不易
經過一番的交流
鋪上一層厚厚的粗鹽
我們訓練溝通技巧
啊　為什麼我是醬油了

畫名：詩心／張尹齡（抽象畫）

〈翅膀〉

詩，是我身上的翅膀
翅膀說話了
他靜靜的教我字
我寫著美
他輕輕的問我
心臟長在哪裡
我比劃著
他說那是他最渴望的器官

人因為詩飛
卻都抓不住心
他說累了的時候
心臟會陪伴到結束
我看著他
他不渴望陪伴

自由是心的原理
是自然的給予

〈天空的故事〉/（修改版）

在自由的世界
我成了藍湛湛的天空
想，想起每個遇見，尋
相似的腳蹤

雨的即興演出
想找，印象中的最深刻
隱隱的
有那麼，幾雙足跡
很美
興致也不想找我了
因為
那黯淡了
於是，我與太陽神合作
求，未來沒有黑暗
燦爛的　笑著　等著

畫名：開始會笑的腳丫 / 張尹齡（抽象畫）

〈天空的故事〉/（原文）

在自由的世界
我成了天空
想，想起每個遇見，尋
相似的足跡

雨的即興演出
模糊一切
想找，印象中的最深刻
有那麼，幾雙足跡
很美
興致也不想找我了
因為
那黯淡了
於是，我與太陽合作
求，未來沒有黑暗
燦爛的　笑著　等著

〈鬧鐘〉

你好嗎　夢
樂音起舞轉著沒睡醒的我

畫名：性與愛的糾纏／張尹齡（抽象畫）

〈星星〉

你的世界　忽遠忽近
黑暗的眼
眨動
萬千光彩

〈識字〉

愀然思古人寫史書
他們如蜉蝣與字交往
我捉這歲月之影
軒轇而如羽潔白

畫名：閃光中的閃電 / 張尹齡（抽象畫）

〈蝴蝶〉

蝴蝶在我左右飛舞
暈眩的把心吊起
在腦海中狂亂
一半透著光的身體
伴白晝的孤寂
我在互相取暖
發現那光點有些瑕疵
踩著陰影的懦弱
搖搖晃晃的我
將嘔吐物就梗在喉嚨
迷戀眼前的蝶

〈小雨〉

窗外小雨
帶走我散亂一地的愁思
不知
是太多的血
化作一道未知的彩虹
還是
還是
一朵心花盛放在水泥地
一雙哭紅的眼
一場不可收拾的結局
窗陪伴著我
就像久久無法看透的女人
夜驚醒
窗外的雨欲停又下

畫名：參天的竹子 / 張尹齡（水墨畫）

〈尋青〉

絲絲念念走進荒陬
半思半索尋高山
若淫雨擋我所嚮往
和同道牽手入地境

〈香水〉

思思念念夢　藍的眼淚
別了一切
只為了一刻重逢
人的氣息依舊

如何訴說對大海的期待
加了些許薄荷
淡淡的祝福
衝著我二十四小時

睡意終於來找我了
寂寞不再

〈美女們〉

年齡成了一塊七彩石頭
與裙角們互相拉扯
跌倒在最美的地方
美的令人傻眼
頭暈暈的
成了舞動雲朵的美女們

〈紫斑蝶的遷徙〉

一串串披著褐色的天使
拍動藍紫色的翅膀
暖化讓祂們不再照旋律　　飛舞

〈銀色的花與浪花〉

我會把你的靈魂吸乾
讓你沉浸在
無邊的銀色花海裡
然後呢
讓你不再渴望
然後呢
癱在你身上
讓你感到又軟又暖
然後
任你
游移著
放聲大笑
我，我們，就這樣吧
看窗外潮起潮落
我的心也不再，不再，隨你

〈農村的烏鴉〉

農藥噴灑生命不呀
咕嚕看盡奄奄家鄉

〈軟弱〉

問我溫柔為何
大海會告訴你
潮起潮落
帶著無限的懦弱

〈情緒的門〉

關閉打擾
如初厭倦依舊
輕輕推開
透著不耐煩的示好

〈月事〉

暖意透著血紅
溫柔滲進純白
玫瑰展開的每一瓣
往往是那麼清醒的痛

〈洗碗〉

投入水中的波動
是飲食副作用
驚醒皮膚
享受這重複之舞

〈心不再跳動〉

上天遺留狂熱種子
渴望顫抖美麗
治療成了他的唯一
真愛已不能相見

〈蜂蜜〉

蜜蜂打造了幾何
黃橘透亮
不小心被帶走那規則
一滴滴眼淚化做甜膩

〈句點〉

那人粉筆畫的任意
模糊了眼
我用淚抹掉
卻迎來更多的圓圈

〈親人〉

親愛的
親愛的
別總在我的昏睡時
手抓著手
親愛的
你緩緩的步伐
我的心跳也緩緩的
那愛啊
宛若忽明忽滅的光
抽離我的視覺
燃燒這久久的輪迴

〈無法相戀的人〉

當初的告白
化為煙霧般的迷惘
火焰般的形狀
吞噬了我的燒焦的頭頂
如果
再來一次
我會　在此愛你

十四行詩

插圖／張尹齡

〈黑暗的愛情〉/（奧涅金詩節）（十四行詩）

該怎麼訴說，我對您哭？您請不要

輕易，失意心碎，待在隅的那人

無！催動情慾尋找，情意，說我難找

如果——愛的難。疼愛您若真是

那麼寒，希望您撫摸我的，腿，雖是您我都

會衰退。如爍的愛——您我若

螢螢，一切都是甜蜜的果～您我都信當下

如火，您一心守當下，一顆星

而我，情意甜到心坎，終究！年月拆散黑暗

〈黑暗的愛情〉/（奧涅金詩節）（十四行詩）（原文）

該怎麼訴說我對您哭
您請不要輕易失意
心碎待在隅的那人無
催動情慾尋找情意
說我難找如果愛的難
疼愛您若真是那麼寒
希望您撫摸我的腿
雖是您我都會衰退
如爍的愛您我若螢螢
一切都是甜蜜的果
您我都信當下如火
您一心守當下一顆星
而我情意甜到心坎
終究年月拆散黑暗

後記

插圖／張尹齡

畫作的真實世界

畫作：閃光

畫的中間那是被痛覺點燃而興奮的我的靈魂，彷彿脫離身體的意識與痛覺漂浮在眼前，背景則是忽明忽暗，很像電燈泡快沒電了一樣，一閃一閃的。

在彩色的日常裡，對我而言也有可能化成黑白，純粹的白光和黑暗（可能帶點別的顏色的光，若有，以綠色居多），彷彿天使與惡魔靈魂的結合，我在暈眩與痛覺之間，掙扎的想看見眼前的真實，終究只感受到自己不分真假的靈魂。

畫作的真實世界

畫作：閃光中的閃電

這就是我放電（閃光）的腦中實際浮現的樣子，可以
看到很多交織的閃電，雖然圖案中的閃電線條會一直
改變，但大致上是這種圖形，不過閃電的顏色會因為
偏頭痛的嚴重程度和本身壓力大小而改變顏色。
從最輕微的黑色閃電說起，這是最普通也最為平常的
閃電，是輕微的偏頭痛或壓力所造成的；再來是黃色
閃電，這是中等的偏頭痛所造成的，同時此種黃色閃
電會有較激烈的閃光；綠色閃電則是荷爾蒙改變劇烈
時會產生的，這種綠色閃電一般帶有些許的困惑感，
甚至容易產生強烈的不自知的認知改變，至於紅色閃
電則是任何原因都有可能，但這種紅色閃電的痛覺比
黃色閃電較為嚴重一些，但此種紅色閃電的痛覺較綠
色閃電更有自知，屬於知道自己哪裡痛的一種閃電。
而彩色閃電是所有閃電中最無自知感的，卻是最痛的，
此時會稍微進入無意識狀態。

國家圖書館出版品預行編目資料

張尹齡與話的約定/張尹齡著. -- 初版. --
臺北市：博客思出版事業網, 2022.12
面； 公分. --（當代詩大系；26）
ISBN 978-986-0762-39-6（軟精裝）
863.51　111016549

當代詩大系26

張尹齡與話的約定

作　　者：張尹齡
主　　編：張加君
編　　輯：陳勁宏
美　　編：陳勁宏
校　　對：楊容容
封面設計：陳勁宏
出　　版：博客思出版事業網
地　　址：臺北市中正區重慶南路1段121號8樓之14
電　　話：(02) 2331-1675 或 (02) 2331-1691
傳　　真：(02) 2382-6225
E - MAIL ：books5w@gmail.com或books5w@yahoo.com.tw
網路書店：http://5w.com.tw/
　　　　　https://www.pcstore.com.tw/yesbooks/
　　　　　https://shopee.tw/books5w
　　　　　博客來網路書店、博客思網路書店
　　　　　三民書局、金石堂書店
經　　銷：聯合發行股份有限公司
電　　話：(02) 2917-8022　　傳真：(02) 2915-7212
劃撥戶名：蘭臺出版社　　　帳號：18995335
香港代理：香港聯合零售有限公司
電　　話：(852) 2150-2100　　傳真：(852) 2356-0735
出版日期：2022年 12 月 初版
定　　價：新臺幣300元整（軟精裝）
ISBN：978-986-0762-39-6